让世界近看内蒙古

石玉平　主编
姜　苇　　著
尚永强　摄影

内蒙古出版集团
内蒙古人民出版社

跟我去

金色烏蘭察布

张荣　摄

刘凯　摄

四

王旗
商都县
化德县
察右后旗
察右中旗
兴和县
乌兰察布市
察右前旗
卓资县
丰镇市
凉城县

目录

前 言

浮华世间，久了，不由得又开始思念草原了。

为什么对于草原，对于辽阔的绿色，有着如此的眷恋？我想很多原因是因为城市间的嘈杂吧？

毕竟，草原是纯净的。

寻找生活，是在城市里很容易迷失的主题。

曾经，我为了提高生活的质量而不惜余力地奋斗，幻想着终于有一天，站在生活之上，过着洒脱的人生。却渐渐地，旋入一种漩涡……而终于有一天，我静心寻找，最初的方向却失去了。

在旋转中，我迷失了。

曾有友人对我说，如果你偏离了目标，那目标无疑就会背叛你。

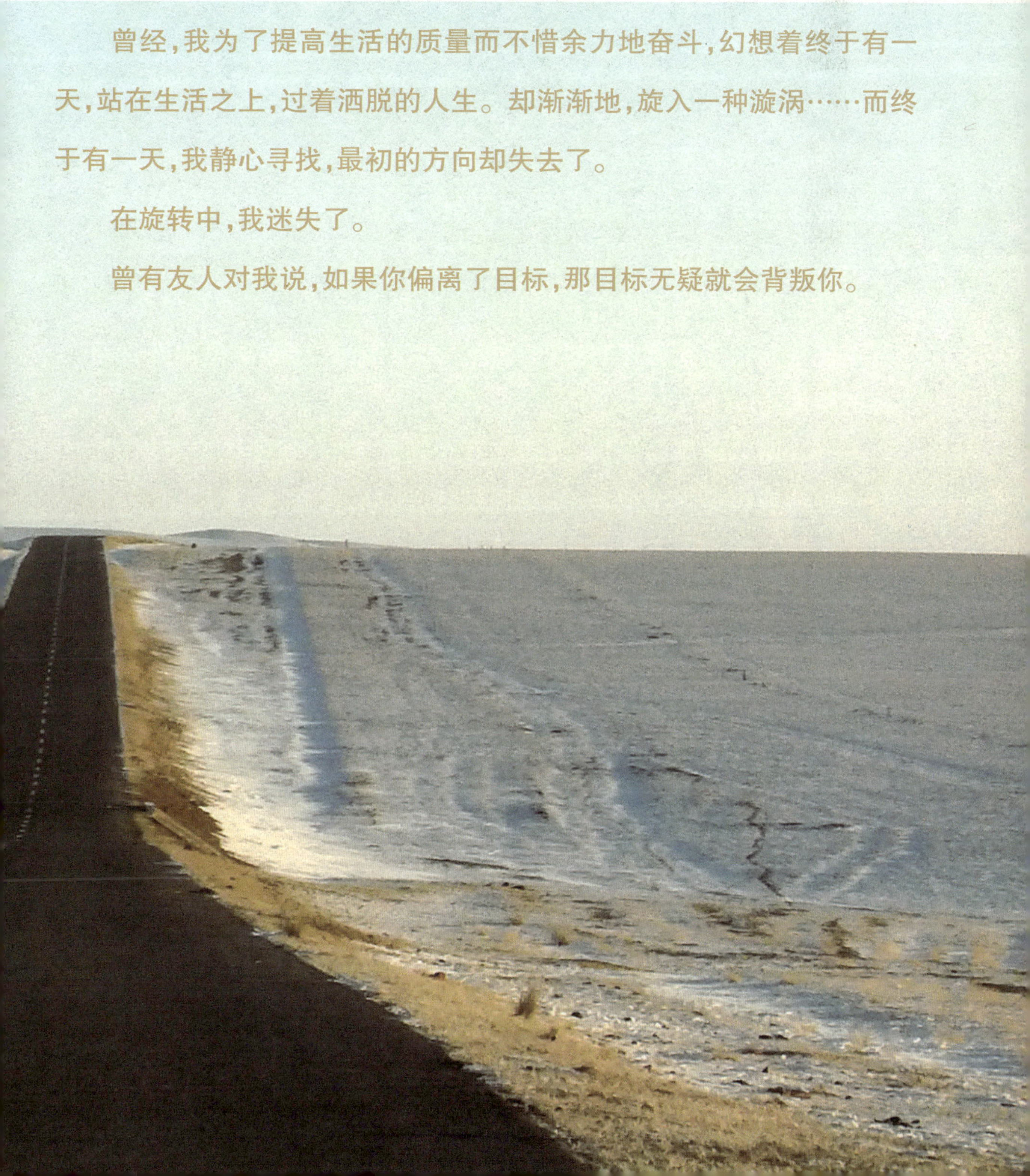

于是生活就变成了一种旋转，这不是我最初想要的生活，更不是我追求的目标。回头望去，却找不到我最初心中所谓生活的踪影。人便焦躁了，茫然了。只有机械地旋转，没有选择。

最初拟定的那清晰的目标在追逐中渐渐远去，直到完全迷失，甚至使我忘记了我曾经有过的目标。渐走渐远，这距离是离开你目标的距离。

一次游览草原的经历，唤醒了我久违的方向，我便依恋草原了。

生活应该是纯净的，一如草原那样，简单、含蓄，却宽广。

谁也不能把爱不赋予实处，予以托付，那飘浮于空中的情感，会变得伤感，竟然是一触即流泪的痛……

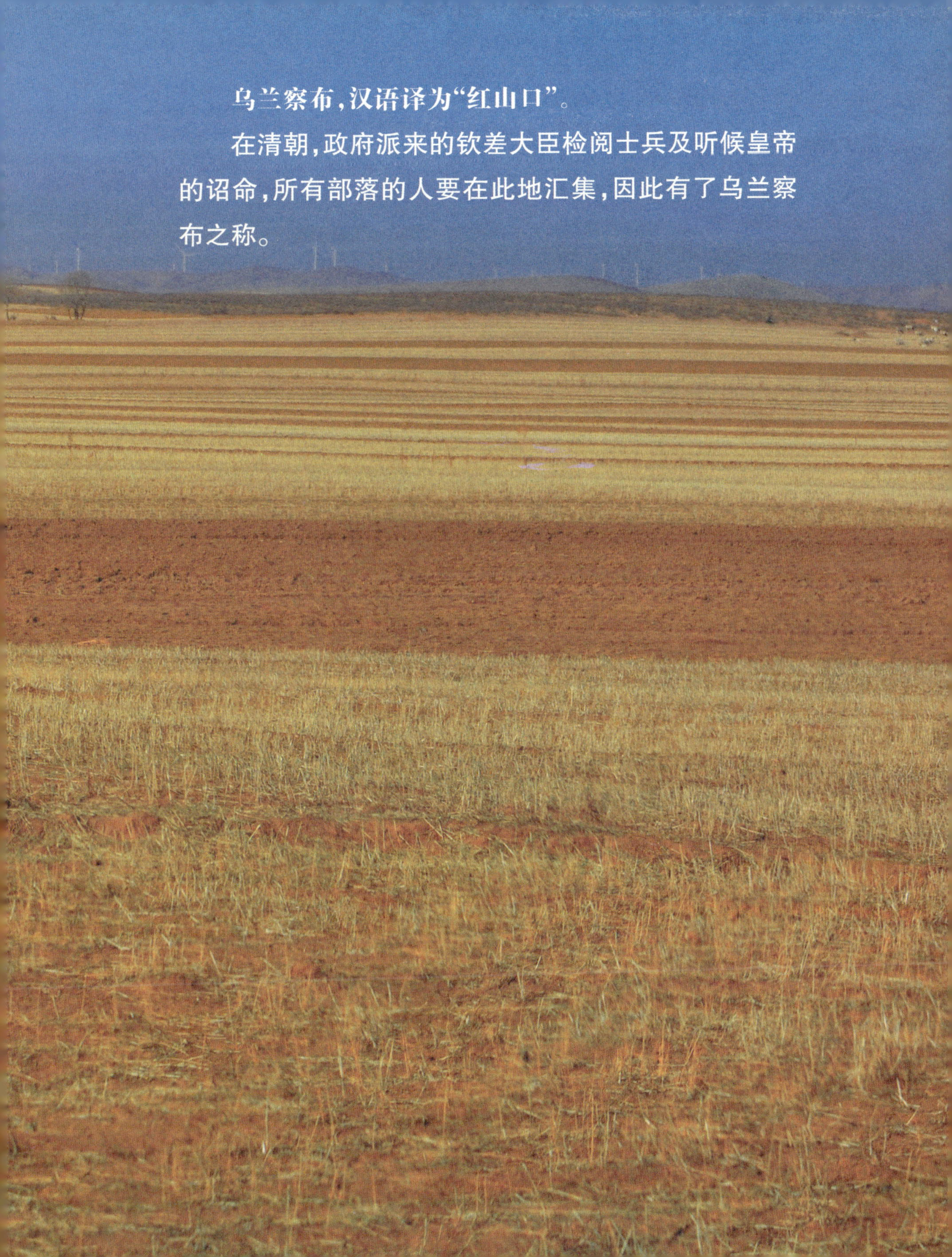

乌兰察布，汉语译为“红山口”。

在清朝，政府派来的钦差大臣检阅士兵及听候皇帝的诏命，所有部落的人要在此地汇集，因此有了乌兰察布之称。

凉城

2012 年 2 月 17 日

我此时去草原的季节，草原是金色的。在初暖的春季，草原还未返青，而金色的黄，格外干净、透明，在阳光下，金光灿灿，给这一片辽阔，装点成了富贵的金色，妖娆却端庄。

车轮带着我越来越远离城市，把心中一扇扇的门关住，留一片圣洁步入全身心感受之旅。进入蛮汉山，就是乌兰察布境内了，距离凉城还有 50 多公里。

渐渐远离的繁华，在此一刻，全部封锁于心底，我的状态也渐入沉静。那满地的黄，孕育着即将怒放的绿，细看，似乎黄郁的底部已有绿意。黄土地上，黄色的草，金色的阳光下，大地竟如此奢华。而这种奢华，却是寂寞的，草原静静地变换着模样，寂寞地等待你深情的步伐；寂寞的等待你灵动的心；寂寞地等待你发现的眼睛。而我和草原的共鸣所在，就是每一次我的到来，都使我觉得，草原是在等我。

于是，在你金黄绚丽之际，我来了。

而对于草原的不同，决定不同的眼神。当我满含深情凝望远处，远处赋予我的依然是满含深情。草原在我心里，是浪漫多情的。

凉城，这个名字很特别的城镇。关于这个名字，我曾听过一个传说。

公元 371 年，在参合陂出生了一位英雄，就是北魏的开国皇帝——拓跋珪。他建立北魏王国后，建都平城，就是今天的大同。由于平城距离家乡不远，拓跋珪在家乡参合陂大兴土木，并经常离开京城回家乡办公。于是人们就把参合陂称为二京城。时间久了，二京城就被人们称为了凉城。

在凉城小镇，

最为吸引我的就是十字路口的花木兰雕塑，

花木兰的家乡究竟是哪里，

众说纷纭，

但是花木兰从军的地方据说就是凉城。

弯弓征战作男儿，梦里曾经与画眉。

几度思归还把酒，拂云堆上祝明妃。

花木兰安静地站立在凉城一隅，看着每天来往的人们，见证着历史的流淌。那厚重的塑像之内，可否藏有如她一般不朽的灵魂？

花木兰

在凉城，另一个抢眼的建筑便是一座天主教堂，古朴的外表告诉我这座天主教堂的久远，听说建于 150 年前，由比利时人建造的。传道至此，那么当时这里一定是人员密集和繁荣的。150 年前，这里曾怎样的繁华，今天的我已经无法目睹，只有不变的教义，至今仍回荡在耳边，仅此而已。

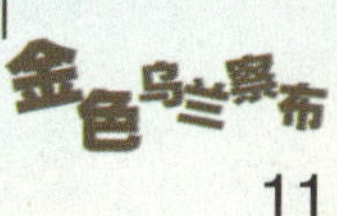

往昔的繁华散尽，独自的安详，给予凉城一种清雅的气质。

岱海，是在周边地区久负盛名的湖。

岱海，古称天池，也叫大海。汉语叫诸闻泽，意为很出名的湖泊。

如果草原充满了阳刚之气，那么，草原上的湖水，总是柔美多情、婀娜多姿的。

在清代，蒙古族人称岱海为“岱根塔拉”，后来慢慢称为岱海，沿传至今。

岱海早年间面积要比我目前看到的大很多，几经缩减的岱海，今天，在我眼里依然是壮观和庞大的。

岱海是安静的，它没有大海般的咆哮，也没有那样霸气十足的海浪，它，是恬静秀美的。

岱海是内陆湖，下面有很多泉眼。雨水多的时候水位上升，所以湖面的形状不停地变化。岱海下面的泉眼，温度各异，形成了温泉。

在岱海附近有一座岱海宾馆很瞩目，极富有现代风格的灰色建筑，不是很高，占地面积却很大，望着便会让人觉得异常亲切。听说这个宾馆有“美丽蝴蝶”之称。

宾馆设计风格是现代和民族文化相结合特色，内设凉城风味的餐厅，环境清新高雅、宁静高贵，房间内临海的窗户更是开拓心怀的理想之处。在这个小镇，能有一处这样干净的休息之所，我想，会使人驻足的。

清水幽幽，滋养着这里所有的生灵。

温暖的泉水，涤荡着内心的尘埃。

在宾馆西侧，就是温泉度假村。岱海温泉素有马刨泉之名，相传康熙帝巡边，路经岱海时，口渴难耐，然而四周无水，坐骑就用马蹄刨地，遂得温泉。

那时，每到夏季，很多蒙古王公贵族、喇嘛来此处洗澡坐水，避暑疗养。

温泉度假村是一座园林式风格的建筑，里面功能齐全，设有暖房、健身房、按摩理疗房、茶室、纯正日式餐厅、棋牌室等休闲设施。舒适程度不亚于大城市。而这些，又会有谁不停下脚步，放松身心，亲切的感受自然？

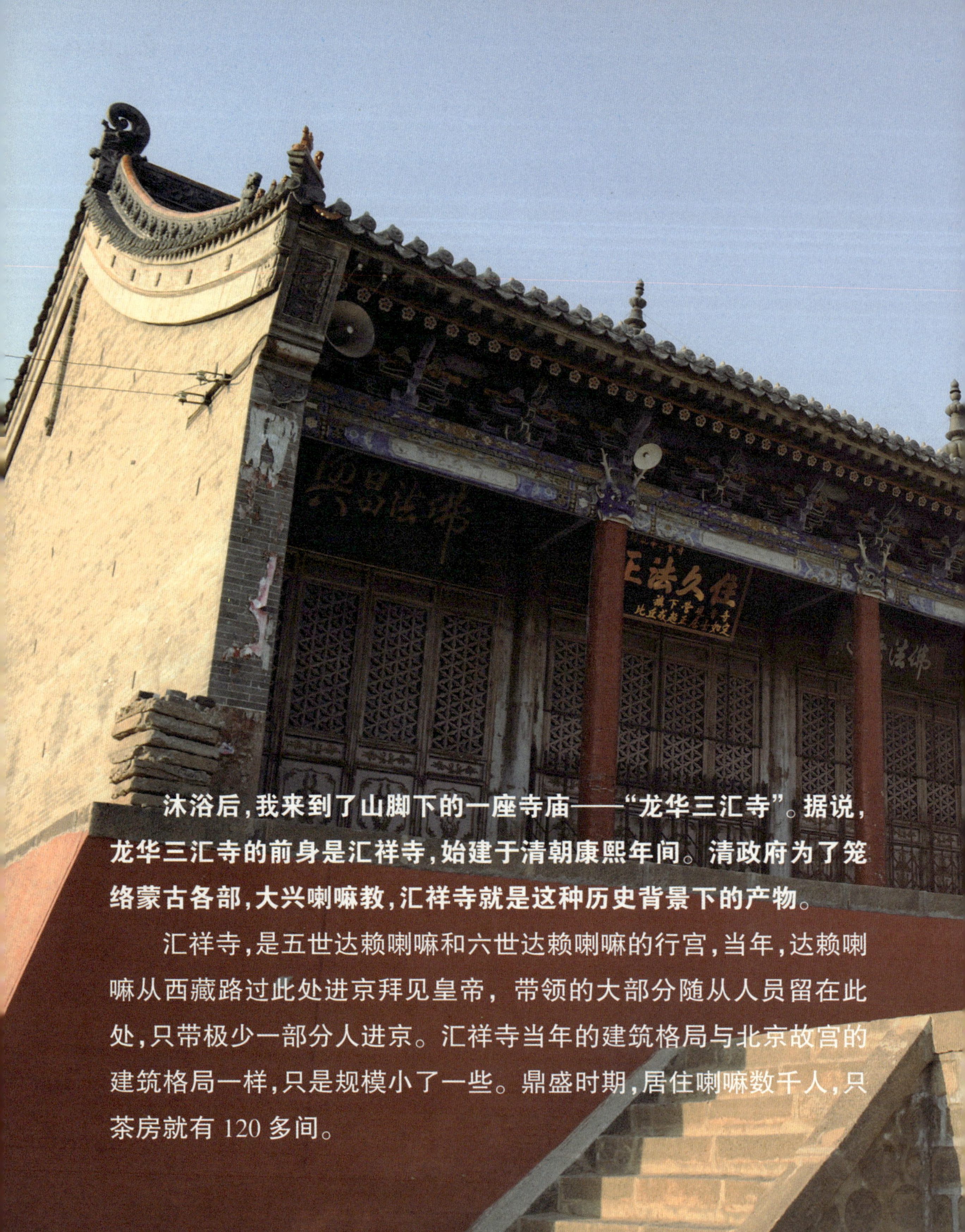

沐浴后，我来到了山脚下的一座寺庙——“龙华三汇寺”。据说，龙华三汇寺的前身是汇祥寺，始建于清朝康熙年间。清政府为了笼络蒙古各部，大兴喇嘛教，汇祥寺就是这种历史背景下的产物。

汇祥寺，是五世达赖喇嘛和六世达赖喇嘛的行宫，当年，达赖喇嘛从西藏路过此处进京拜见皇帝，带领的大部分随从人员留在此处，只带极少一部分人进京。汇祥寺当年的建筑格局与北京故宫的建筑格局一样，只是规模小了一些。鼎盛时期，居住喇嘛数千人，只茶房就有 120 多间。

1939 年，国民党王富团长带领的 6 路军路过此处，怀疑当时的住持喇嘛和共产党有联系，放火烧了寺庙，大火烧了 6 天 6 夜，几乎全部烧毁了原有建筑，只留下少数几间房院，而仅剩下的这几间房院也在“文化大革命”期间被全部摧毁。

在体验痛苦的过程中,只有参透生命的真谛,才能得到永 生。凤凰,涅磐,佛曰,人生有八苦:生,老,病,死, 爱别离,怨长久,求不得,放不下。

我眼前所见的寺庙，是 1995 年重新修建的，规模已失去往日的恢宏，留存的，只是静静的威严。

寺庙宁静、无声地述说着悲凉的往昔，我肃穆，却满心凄凉。抬头望着院墙上面的天空，云儿朵朵，浮动的云，轻烟一般却掠痛了我的心。

前世，我频频回眸
挥别的手帕飘成一朵云
多少相思　多少离愁
终成一道水痕送我远走
今生，我寻觅前世失落的足迹
跋山涉水 走进你的眼中
前世的五百次回眸换得今生的一次擦肩而过
我用一千次回眸换得今生在你面前的驻足停留

南有马头山，北有蛮汉山，四面环山，一面临滩，素有“七山一水二分田”之称。不可小看的是，二分田，却是产粮量在乌兰察布市排名第一的，而另一个排名第一的是奶牛的养殖业。凉城，的确是一个水草肥美的地方。

蛮汉山，是英雄山。在这里，历年来发生的战争无数，产生的英雄人物也是无数的。因此，凉城也是一个革命老区。

关于蛮汉山，我听当地的朋友给我讲了个故事。

当年，居于大漠南北的匈奴，一直雄视中原，乘着刚刚建立的汉朝还不够富强，便南侵中原。今大同一带的平城之战，刘邦被匈奴的冒顿单于打败，大伤元气，于是求和，条件是进贡大量的财物和汉公主嫁于匈奴单于。

这一时期，凉城县为汉胡杂居地，时而归匈奴所有，时而归汉所有。

公元33年，匈奴单于呼韩邪亲赴长安，向汉帝表奏，愿意接受汉朝领导，并娶汉宫女王嫱为妻，王嫱就是王昭君。这就是历史有名的胡汉和亲，昭君出塞。

王昭君过黄河、跨长城、越蛮汉山，一路辛苦，走到蛮汉山时，曾经在此地休息。王昭君坐过的石头变成了石椅至今还在。

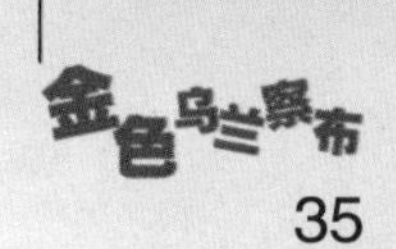

赵武灵王，胡服骑射；良将李牧，保国戍边；飞将李广，拒敌阴山；鲜卑拓跋，开北魏基业；木兰从军，展巾帼英姿；康熙巡边，始有马刨神泉；达赖受封，积淀宗教文化；贺龙、李井泉、宋时轮、郑天翔等老一辈革命家在蛮汉山抗战，留下了艰苦卓绝的战斗足迹。

而关于蛮汉山的故事，却是众多作家舞文弄墨之源泉。

呼和浩特市到凉城的公路上，途经一个小镇——永兴镇，而永兴湖就坐落在永兴镇的山脚下。50 多万年前，永兴湖是由一块巨大的天外陨石撞击地球而成的。

相传吕洞宾早年学艺，路经小村，几条狗追着吕洞宾不放，急忙之中向永兴湖山上跑来，山上的大肚弥勒佛见状，忙用自己的身体仰面保护了吕洞宾。多少年后，吕洞宾修成正果，为感谢弥勒佛相救之恩，点石为卧佛，点几条恶狗为石，常年为弥勒佛守护。日久，卧佛显灵，人们都来祈求保佑终生幸福。

我想，既然是陨石砸落形成的湖，那将会是一个多么巨大的陨石呢？如今，那块巨石又去向何方？

朋友说，永兴湖气质冷峻。

湖边一座高大的纪念碑，告诉我一个惨烈的故事。

永兴镇原名田家镇，1937 年 9 月 18 日，日军向田家镇疯狂进攻，镇内军民奋起反抗，激战一昼夜，消灭日军 120 人，我方伤亡 500 多人，被迫撤退。日军进镇后，3 小时内挥刀砍杀了无辜百姓 299 人，上至 70 岁的古稀老人，下至 12 岁少年，血流成河，惨不忍睹，这就是震惊全国的田家镇惨案。

我望着湖面，无语。

纷乱的思绪没有办法整理，湖水静静的如凝固一般，沉淀了什么？洗涤了鲜血后的湖水，清澈得如同人的眼泪。

我轻抚着纪念碑，敬仰那些为保卫国家献出生命的人。

在永兴湖畔，生命是有尊严的。

永兴湖，气质冷峻。

门诊部
医院餐厅
感染性疾病科

在凉城，最让我感谢的人就是凉城第一医院的阎凤鸣院长了。阎院长是一位很健谈的人，他在凉城生活了几十年，对于凉城的文化底蕴了解很深，很多我所认知的都是阎院长讲给我听的。救死扶伤数十年，阎院长用自己高尚的品格，为小镇人民的健康默默地奉献着。均受医患爱戴的阎院长给我的印象是和蔼亲切、知识渊博、乐观豁达的，心底的祝福送给这位我敬重的人，祝您快乐！

丰镇

2012年2月18日

在凉城的东北方向70多公里处，就是丰镇。我们沿着岱海的沿岸行驶着，岱海的尽头有一处收费站——金星收费站，这里距离丰镇只有55公里了。

丰镇是内蒙古与山西交界的最南端。

在乌兰察布这片草原上，丰镇的魅力我想是最具独特性的。

一条宽阔的大路把我们带进了丰镇，街边渐渐增多的建筑告诉我们已经到丰镇了。

一条新修建的马路很宽，显得两旁的建筑低矮，而马路肆意地向前延伸，很有气魄。我们来的这天，风很大，本来温度不是很低，却寒风刺骨。一览无余的空旷，风速极快，转瞬间飘向远处。

丰镇的规模之大，是我未曾想到的。

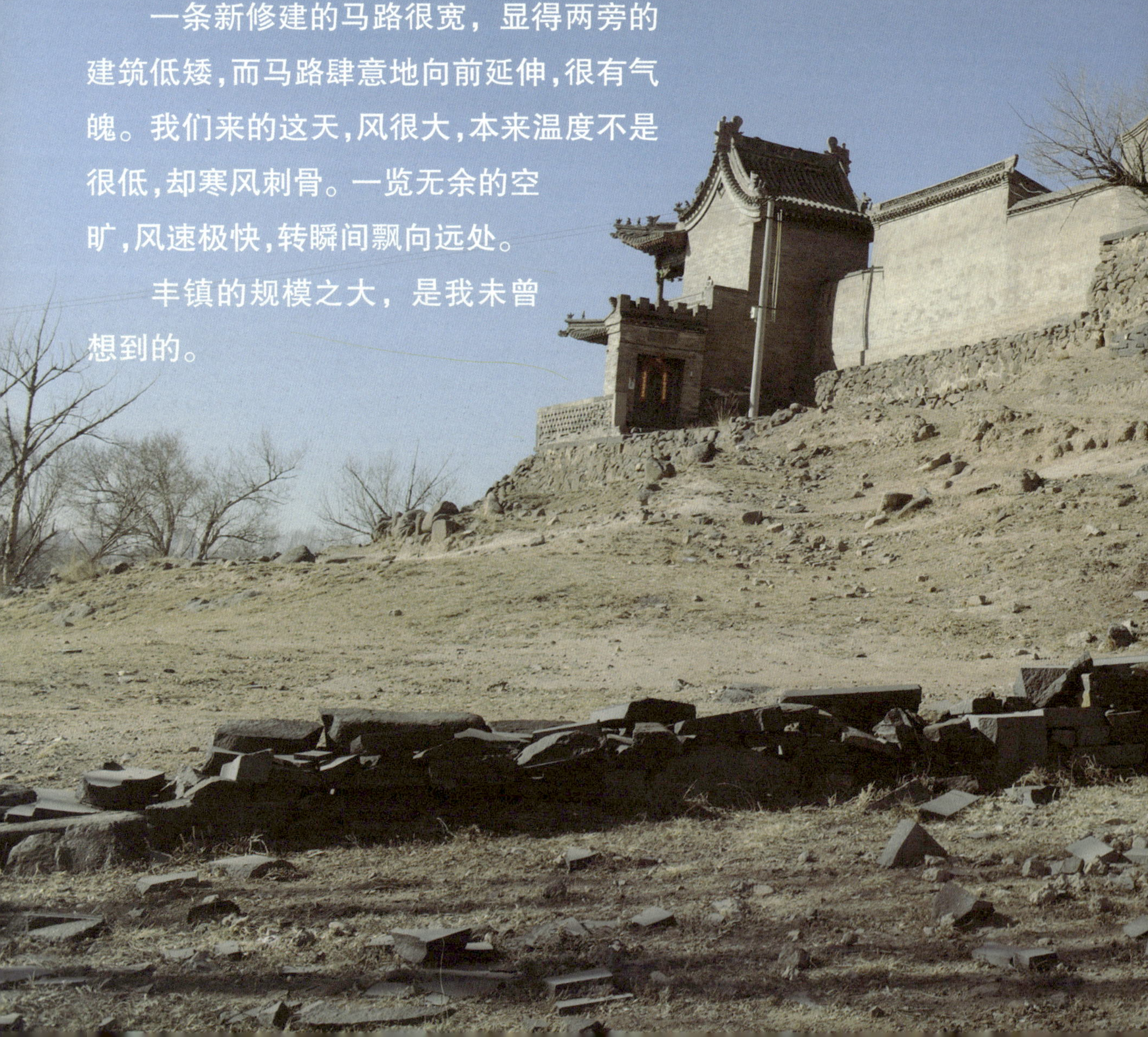

丰镇是崭新的，丰镇又是古老的。这种并存，给我的感觉就是带着沉淀腾飞，完美地续写着历史的传承。

崭新总是雷同的，而古老却是记忆里最为特色的浓重。

在丰镇城东，有一片居民区。小巷不宽，却很深。走进去，似乎一下子穿越了另一个时空。建筑古老，风格尽显山西特色。斑驳的大门与房屋建筑，风尘仆仆，带着浓郁的神情走入我的视线。

低矮的房屋，就连屋檐上的雕花似乎就在眼前，那么历史也就在眼前了。如果给历史一个定义，那就是永恒。无论岁月怎样流逝，而历史总是在大地上刻写过痕迹的。

小巷深深，且弯弯曲曲，干净利落。巷子里飘满的是浓郁的生活气息，密密麻麻的房屋相邻，却安静异常。一个门挨着一个门，而门内却另有天地，不走进去，很难想象门内的宽敞。

院墙，是用红砖垒砌的，每一个转角，都垒砌呈圆弧状，那贴心贴肺的修建，感动着我。晋文化牢牢地扎根在这片土地上，走过繁华，如今步入安宁。这无声的陈述，却扣动我心弦。目光所及的每一处，我都觉得一定有很多故事，用心聆听，每一个人听到的又是不同的故事。

走出小巷，我回过头，小巷，不要离去！苍天之下，愿你能安静地继续守候你凝固的所有记忆。

城北，一个很大的坡，听当地人说那是北山。山上一排排的房屋，远远望去，甚为壮观。走在街道上，视线平行或之上的房屋包围着我，一种感觉：很亲切！华灯初上，星星点点的灯光，让我觉得，家，就在身边，举手可及。丰镇是温暖的。

在北山的北面，却是立陡的。山崖上竟是一座陈旧的寺院“灵岩寺”。看到斑驳的建筑外观，我停止了脚步，走近后，看见牌楼上书写着“心情舒畅”、“锦绣山河”字样，我感觉这个外表陈旧的寺院，并没有悠久的历史，应该是近代修建的。而我却无从考证它。

灵岩寺如今人们称为牛王庙，据说，建于清朝咸丰年间，后来随着丰镇与蒙古国牲畜交易的发展，丰镇成了重要的商贾集散地。为了祈求上苍对牲畜的保佑，灵岩寺内供奉了牛王的神像。灵岩寺的名称也渐渐地被牛王庙代之。

丰镇人为纪念薛刚和他的夫人，就把石元山改称薛刚山；把位于山西城东那条昔日薛刚饮马的东河（此河常年水量丰沛，直通永定河，最后注入今官厅水库）改称饮马河；把他夫人镇守的张家堡五严图西山改称红娘山……

在灵岩寺的东面，有一个小小的山，当地人说，那是薛刚山。相传唐将薛刚，正月十五闹花灯，踢死太子，惊崩圣驾，逃避塞北。这一日，过长城即到丰川之地。抬眼望去，水天相连，汪洋一片，无路可寻，无船可渡。薛刚仰天长叹："天亡我也！"他仰面躺在沙滩上，因多日奔逃，疲惫不堪，不一会儿就鼾声大作。没曾想惊动了路过此地的八仙之一铁拐李。铁拐李看到薛刚，爱惜他是一位武艺高强、忠肝义胆、可担大任的英雄，不忍看到他被逼得走投无路，决定助他一臂之力。

此时，天色将亮，铁拐李急请日神将曙光暂压，于是夜幕重新四合，天空再度暗了下来，他趁夜色隐蔽悄然潜入天庭御膳房盗得一口铁锅，出了南天门，挥手将铁锅扔向凡间。铁锅咚的一声落在薛刚身边的水面上，薛刚被猛然惊醒，以为追兵到了，定睛一看，大喜过望，"此天助我也！"。双脚一用力，身子高高跃起，轻轻落在锅里，正要向前划水，哪知道铁锅却猛然间翻转过来，口下底上直沉水底，将薛刚翻入水中。薛刚大惊，连忙扑腾，呛了几口水，心想："我命休矣！"就在薛刚拼命挣扎之时，奇迹发生了。身边的水极快地退去，现出水底的山丘和平原，同时铁锅越变越大，顷刻变成一座突兀的山峰，而他自己就在半山腰。薛刚大喜，连着几个纵身，跃上峰顶。只见这山方圆二里，山高千寻，山边清泉流淌，真天赐仙山福地也。之后，薛刚就在此山驻扎下来，取名石元山。他广纳四方豪杰，在当地招兵买马，积草屯粮，整日率军操练。随着兵马日多，他把帅帐和亲兵设在石元山，又分兵设 9 堡 18 洞，派重兵镇守丰镇门户官屯堡、二卜洞等要塞，薛刚的妻子红娘亲率重兵镇守张家堡。薛家军训练有素，军纪严明，深得当地百姓的拥戴。经过十多年的苦心经营，薛刚已然是兵强马壮。他认真分析天下大势，认为时机已经成熟，毅然挥兵南下。一路上，薛家军势如破竹，所向披靡，为推翻武则天、恢复李唐王朝立下了汗马功劳。

疲倦了的记忆，诠释着英雄梦。

在薛刚山东侧，坐落的是金龙大王庙。

丰镇的大王庙，是道观，里面供奉龙王和吕洞宾。这个庙听名字气势恢宏，其实庙很小，在空旷中，小巧玲珑，建筑的每一处当年都似乎精心雕琢过。岁月的流逝，留下的只是精美之后的残美。依稀可见的精致，躲在了沧桑之后。

我们要离开丰镇了，向着兴和方向驶去，窄窄的小路上几乎没有什么车，我们悠闲地在空旷中行驶，远处一个像山一样的土包吸引了我的视线。越来越近，我才发现，这个土包上面满是洞口，依稀可见是分为上下两层。我走近前去，看不明白这个土包是做什么用的，同伴走到里面，从一个洞口伸出头来，告诉我，这里面都是相通的，类似窑洞，还有上楼的台阶，就是很小。我问能看出来是做什么用的吗？同伴说看不出来。一个放羊的当地人经过这里，告诉我们说这是军大台，打仗用的。当年在这里布瞭望兵，发现敌人来了，就点起狼烟，给在对面村庄里的屯军信号。放羊人还说，这个山包下面有方圆几里的地道和村里相通，屯军就是从地道到达这里的。放羊人说这个东西年代久远了，我不知道这久远有多远。

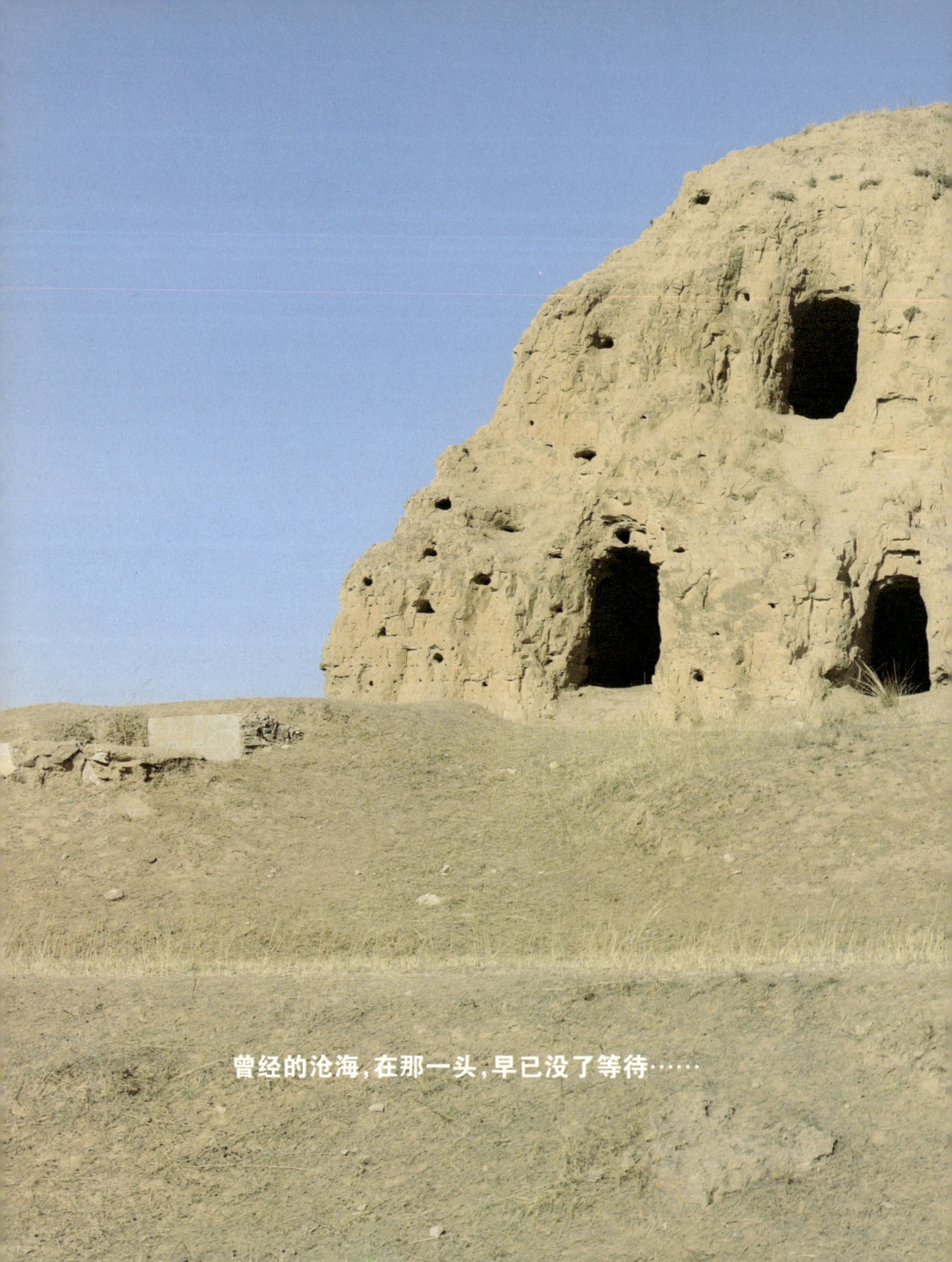
曾经的沧海，在那一头，早已没了等待……

已是中午时分，我们开车来到了军大台对面的隆盛庄，我们在隆盛庄唯一的一个餐厅里吃的面。后来进来了几个操着外地口音的人，我只是知道不是本地人，却听不出来是哪里的口音。餐厅的玻璃窗上贴着“荞面饸饹”这四个字，这几个外地人指着字对老板说，要吃这个哈哈面，一下子把我们笑得喷饭。饸饹面，是和好的面放在一个像蒜夹子的东西里，压出来条状的面条，直接入锅煮。这是内蒙古很常见的一种面的吃法，乌兰察布的饸饹面，多是用荞面做的。

而丰镇最为扬名的要属丰镇月饼了，这种月饼和我们平常的月饼概念是完全不同的，它是由胡油和面、白糖等辅料烤制而成，里面没有馅，口感酥软，很好吃。内蒙古的很多城市，都有丰镇月饼专卖店的，当之无愧的美食。

兴和

2012年2月18日

丰镇之后，我们来到了兴和。车刚驶入兴和时，着实吓了我一跳，最初给我的感觉就是——新！宽宽的马路，路两边密密的街灯，像一座新建的城镇。小镇宁静，往来的行人和车辆都很少。

中国移动通信

马路的尽头与环城公路相接，灰黑的马路两边是金色的草，在阳光下发出金色，乍一看，似乎是马路镶嵌着的金边。金色，却是透明干净的。苍天之下，怎会有如此富丽却自然的装扮?

太阳终于躲在了山背后，地面的光是天空中反射的，笼罩在黄土地与苍穹间的，却是一抹淡淡的紫色，那是夜幕降临时分，天地间最亮丽的色彩了。

后来，我才知道，我刚进入兴和所见的，是新区。而兴和的老区在附近十几公里处，等我驱车来到老区时，我才看见川流的人群。也许是新区刚刚建立不久，人们还是集中在老区。老区陈旧，房屋也矮小，但是足以保证人们生活所需了。小镇一向有小镇独特的魅力，简朴、平实，如同这里的人们。

小董家电城

商都

2012 年 2 月 18 日

我们路过兴和，进入商都时已是晚上了。

商都的县政府所在地是七台镇，我们一边寻找当地的特色饭馆，一边打量着这个城镇。相对而言，商都算是繁华的了，街面上的店铺丰富，规模也相对的大一些，我感觉商都的人口要比兴和多。

刚进入商都时，远远看见转盘中央坐落着一个雕塑，走近看，上面写着“水漩神驹”。

商都，是满语，汉语译为“水漩儿”。以注入察汗诺尔之水，湍急回旋而得名，注入察汗诺尔水即指不冻河。

相传，商都的不冻河是一匹金色的神驹从山上拖出来的，神驹奔跑的路线就是不冻河旖旎的曲线。

在清朝初年，商都是闻名遐迩的大牧场。有关商都的资料很少，很难再找回曾经的故事，同样的苍穹，同样的牧场，一代代人的更替。封存了的记忆无言地流逝着，让今天到来的我很难辨别出痕迹。

这里的风很大，也许是由于风大，很干燥，几日的奔走，现在风吹在我的脸上，丝丝有一些疼痛，有些灼热。听人说，这里有句老话“光秃秃的山坡不长草，风刮石头遍地跑”，这里的气候是恶劣的。

化德

2012 年 2 月 19 日

行驶在内蒙古巴彦浩特到满洲里的省际通道上，过了化德收费站，15元的过路费用，便到化德县了。

还没到县城，在公路上就看见了一个个白色风车，在辽阔中越发显得挺拔，它们傲立着，呼吸着最清新、最高处的空气。

化德县政府所在地，是一个叫长顺镇的地方。

我们慢慢行驶着，细细打量着这个小镇。长顺镇的新区和旧区几乎连成一片了，只能从建筑物的新旧才能勉强分得出来。长顺街就是长顺镇的主要街道。走在长顺街上，一眼就看得出来贸易中心，人聚集的多，街边上的门市花样繁多，虽然街不是很大，却有着功能齐全的各色铺面。

在长顺镇，有我很多好朋友，此刻，我并没有通知他们，尽管他们接二连三地打电话询问我的情况。我想自己先体会一下对于这个小镇最初的感受。

任何一处小巧精致，都会给人温暖的感觉。也许是草原太过空旷了，这个小镇房屋紧凑，凝聚便是我最初的感觉了。

街上，人们的表情很祥和、平静，没有焦虑与急躁，步伐间也是悠闲松弛的，看不见匆忙赶路的人们。在小镇生活的人们，我发现他们有一个共同的面容，那就是安逸潇洒。

中国石油

对于化德县，我虽然从没来过，但是感情却是很复杂的。

曾经一位好友在这里工作过，如今，他已远去。当我踏上这片土地时，感觉还是很亲切。我不知道，我哪一个脚印会和好友曾经的脚步重合，而我的到来，会不会宽慰好友曾经留恋的情愫。而我的目光所及，会不会代替好友目睹今天的变化，以及往日的容颜。

因此，我不敢不恭敬，更不敢懈怠，努力不错过任何一处。

好友曾经把化德县当作自己的故乡，不允许别人说一丝不好。我懂得好友的感受，在这里生活久了，自然会有所触动。余秋雨曾说过，家乡可以很近，也可以很远；生命可以是五尺之躯，也可以是万里苍穹。远去的好友，你的生命就在这万里苍穹之上……

化德，留有心灵之痕的小镇。

小镇一隅，坐落着新修建的县政府大楼，对面有一个不是很大的广场，修建得很有现代气息，广场中间矗立的雕塑，更是别具一格，一个方形的柱子上面，凸凹写着不同字体的“德”字。化德人叫它百德柱。柱子上面金灿灿的星星，在空旷的阳光下，张扬地闪着金光。我想，雕塑一定托付着化德人的情思。

崇尚礼仪，化而为德，因此有了化德这个名字。

化德是二连浩特口岸进入内地的必经之路，当初的驿站。因为地理位置的重要，曾有过保商团，后来成为历代驻军的地方，慢慢聚集人口形成了今天的小镇。由于迁住的人口来自五湖四海，所以，小小的化德沉淀着多重文化元素。其中主要有蒙元文化、游牧文化和中原的农耕文化。

驿路，就是化德一个最为凸显的特点了。在这条大道上，曾运输过军队辎重，传递军情，过往士兵，也曾是风光无限的盐路。也曾因中俄贸易而地位显赫，号称商贾之路、茶叶之路，又有和亲公主曾经走过……

这沉淀厚重的路，如今在我脚下，这条路虽然带我走不到远古，却可以带领我见证今日的文明。

临近傍晚，我拨通了朋友的电话，见到了我久违的朋友们，孙非、靳佩、陈海峰，而靓女樊雅静则是最后一个出现在我视线里的，火红的装扮在这个夜晚色彩浓郁，一进门就能感觉到一股热情。

这一晚，我才发现，化德传承的蒙古族文化，呵呵，酒文化。

化德人热情，不善于言表，却把心意倒进酒杯，一杯杯的美酒溢满了化德人好客的热情。化德王，是一种当地酿造的酒，入口绵润，清香甘甜。我品着这酒，心里想着，这酒真像化德人……

伴着美酒、不停的话语，这一晚飞快流逝。

第二天，清晨的电话铃声把我叫醒，朋友们叫吃早点了。而这种时刻，总是让我心底很温暖，往日过于规矩的约定，在这里是要被质朴的热情融化的，溢满全身心的亲切。每每，我感动不已。

不知道朋友们是怎么安排的，但从曲曲折折的路途，知道了朋友们是花很多心思带着我们去吃东西的，我能清晰的感受到，他们是想把他们认为最好吃的东西给我吃。望着前面缓缓行驶、为我们带路的车，我满怀感动。在这个寒冷的初春，来自心底的温暖，驱散了多少寒意。再回头，这小镇，温暖了，心底有阳光，人就是光彩鲜亮的。

清高苦荞面。看着老板给我们拿来的茶，我就诧异了，黄黄的，下面沉淀着一层像米粒一样的东西，喝起来味道很好，一丝甜，一丝香，一丝苦混合着一种难以形容的润爽。老板说这是用苦荞麦炒熟的茶，喝着清火。老板憨憨的笑容总是挂在唇边，让人觉得很是亲切。

一碗碗的苦荞面端上来了，热腾腾的，老板总是很细心地问要不要加鸡蛋、要不要丸子、要不要豆腐等，我呆站着，这周到体贴的话语，并不是来自酒店般的专业培训，这周到来自心底。而一直被感动冲撞的我恍若回家了。

荞面很好吃，我们吃完了一碗才顾得上抬头，清高苦荞面，清高？我正疑惑，为什么叫清高，朋友们指着墙上的一副字让我看。

《救皇粮》的故事

杨家将为中国历代所推崇，有着清正高尚的气节。

一次，宋太宗及杨家将被辽军围于雁门关，几近断粮。太宗饥饿难忍，全身无力。士兵大多体力消耗殆尽，伤病满营，但缺医少药而无法救治，战斗力大减。此时，百姓拿出当地特产雁门苦荞支援将士。饥饿多日的宋军终于吃了顿饱饭，太宗更是赞叹苦荞的清香美味。连食数日后，太宗体力充盈，将士们的病情更是不治而愈，军队战斗力得到恢复。

众人无不称奇，却不知奥妙何在，认为这是上天在保佑大宋，就将雁门苦荞称为"救皇粮"。细心的杨家将询问当地百姓，才知道当地百姓有人感觉身体不爽时，很少有人吃药，而是连吃几顿雁门苦荞饭，病即自愈。杨家将得知雁门苦荞有此神效，且生长期短，适应性强，便令全军以苦荞为粮，并进行种植，三个月收割后又用来充军粮。

后经几番苦战，数月后杨家将终于突破重重包围，击退辽军。得胜回朝后，太宗仍念念不忘此事，御书"中国第一荞"赠送当地百姓，表达对雁门苦荞曾经救皇有功的感激之意，并下令当地官员将雁门苦荞做为"贡品"连年上贡。

雁门苦荞，又称鞑靼荞，产于雁门郡，属原生态古老品种，雁门苦荞属苦荞中的极品，在雁门当地有"土四环素"之称。

清高苦荞面®
清三高
白清高
化德分店
手工面 削面

吃完早点，朋友们带着我们去一个叫朝阳的地方，路上，我才知道，化德曾经是我国粮食储备基地，当年粮仓规模之大在全国也是颇具影响的。而当年的粮食基地就设在朝阳，现在朝阳已经是新农村的试点，据说很多人都曾经来这里参观呢。

长顺镇有大约 5 万多人口，而整个化德县的人口总数大约 15 万多人。

朝阳，距离化德20多公里。我们从朝阳镇穿过，一条土路，在田地边缘，没多远，就看见了远处聚集的房屋，那里就是我们要去的特布勿拉村。

我们到的是靳大爷家，靳大爷早已站在院子外面等我们，一看见我们就招呼回家。走进院子，我的脚步就停住了，院子里堆了很多的草，草黄黄的，格外干净，在阳光下金闪闪的。靳大爷说这草是用来喂牲口的，另一垛草，有些发霉的是用来烧火的。我看着两垛草，牲口吃的草很细，烧火用的草相对就粗了很多。我想象不出靳大爷是怎么挑选出来这么一大垛草。院子里有一个低矮的小房，房屋顶码放着很整齐的一块块方的东西，乍一看像是泥砖。靳大爷说，这叫“山药疙挠挠”。是土豆渣子做的，给猪吃的一种饲料。

靳大爷的家现在只有老两口在这里生活，他的孩子们如今都进城了。靳大爷养了一头小毛驴，养的壮壮实实的，黝黑的毛，浑圆的肚子，懒懒散散地在院子里踱着方步。靳大爷说，养小毛驴是为了拉车用的，他现在年纪大了，腿有些不好，所以出门时就坐着车。

靳大爷是一位兽医，家里放着一个医药箱。他的医术传于他的父亲，我开玩笑说："靳大爷，打算把这门手艺传给你的孩子吗？"靳大爷笑着说："孩子们都不愿意学了，不传了。"

最让我惊奇的，是靳大爷家的灶台。一口大大的铁锅固定在灶台上，锅是拿不下来的，一个铝制的大锅盖盖在上面，重得我拿起来很吃力。灶台边上有一个木制的风箱，是手工拉的那种。风箱看起来很亲切，风箱的手柄磨得很亮，摸上去很光滑。

这呼嗒呼嗒的风箱声，可否出现在他孩子们的梦里？可否在多年之后，会使他的孩子们听见回家的呼唤？

靳大爷家是自来水！

爱 老 助
特

每天早上，固定的放水时间，接满两大缸水，足够一家人一天的用水了。而田地是不浇水的，这里的地下水不是很多，靳大爷说很多人来过，试着打井，却打不出水来。而我耳边一直挥不去的是靳大爷说的：“靠天吃饭。”

“这些年年景好，地里的收成也好。”靳大爷说，“挺好的。”靳大爷一直笑着和我聊天，对于现在的生活，他很满足。

靳大爷六十多岁了，他说身体还可以，多的地也不种了，每年只种十几亩。再老了，种不动地了，就去村里的养老院了。

这个村里有一个很具规模的养老院，村里配给粮食，冬天给煤取暖，每家一户房子。小屋子不是很大，却很暖和，大大的玻璃窗阳光充盈，后面是一个厨房。一排排的房子整齐地建在村前面，已经有很多人在这里生活了。他们是否也是故土难离？守着自己的家园，守着自己的乡亲？无论哪一片土地，生活的久了，就难离了，这个星球上的土地，是饱含深情的。土和人是血脉相通的。

在我的左手边，那一排房是活动室，有小诊所、小商店、棋牌室，还有阅览室等等，功能齐全，干净整洁。

默默祝福献给在这里生活的留守老人，祝健康，祝幸福！

如果不远足，怎可以见到如此的安逸。如果不远足，怎知道在那里还有一群快乐的人们。

大地的魅力，就是无论在哪里，都会给你一份感动，这感动，来自不同土地上生活的不同的人群。

他们对这片土地饱含深情，他们来自这片土地，他们回归这片土地……

一方土地养育着一方人，他们用自己的生活方式生活着，他们用自己的方言表达情感。而在乌兰察布，他们有着自己的语言习惯。“耶……耶！”这种拖着长音的词，是语气词，是一种情绪的表达，拖得音越长，表达的情感越强烈，无论是喜怒哀乐，都通用。

所以有时候未开口说话，只一个语气词出来，你就可以体会对方的心意了。我深信方言的独特魅力，而更多的时候是很难找到普通话做完善诠释的。方言，简洁、生动，最具魅力的是贴切。

我的家乡美丽化德塞北高原
明亮星座这边牧场那边农田
黄羊滩上百鸟欢歌
这里曾是皇家牧场骏马嘶鸣
霜落草浪这里曾是千年驿站
商队驼铃月下回响
百业兴旺祥云缭绕民风淳朴

人人勤劳奋勇拼搏赢得富饶
放飞梦想活出荣耀
远看是山近看是川
美丽的化德如梦如幻
岁月如歌追求高远智慧换来幸福
甘甜谱写德与和的诗篇
富了百姓美了家园美了家园
啊,化德 啊,化德
富了百姓美了家园美了家园

记得有一次和朋友聊天，朋友说，方言是语言化石，是古老文明的一个传承符号。对于这一点，我深信不疑。

从朝阳回到长顺镇，朋友们准备好了的笨鸡已经熟了。在乌兰察布，举目望去，街面上很多餐厅都写着鸡肉的各种制作方法，也许不经意间传递给我们的是一种农耕文化的符号吧。

朋友请吃的笨鸡，是先煮熟后再倒入锅中翻炒的，鸡肉金黄色，亮晶晶的，看着就已经是口水直流了，吃起来很入味。这独具特色的吃法，在化德也是很受欢迎的，当地人也很喜欢吃。

朋友端起了送别的酒，同样的酒，却喝不出同一个滋味。离别总是在欢聚之后，送别的酒一次次端起，盛满的是朋友们不舍的情意。

朋友语笨，用酒表达眷恋。

行走生活，是一个收获真诚的历程。别样的真诚，溢满内心，化为屡屡柔情，随着草原的风，轻柔的回旋。

而我终于踏上归程，朋友执意要送我出城，我们的车在前面行驶，朋友的车缓缓地跟在后面。我不停地回头，不堪面对这样的情景，停下车，就送到这里吧，我的好朋友们！一次次握手后，朋友们突然又说，再送一程吧。于是又一程……

岔路口，我们的车分别驶向了不同的方向，我默默地注视着朋友的车消失在我的视线外。心底一声珍重！我会带着你们的真诚，温暖这寒冷的初春。

察哈尔右翼前旗

察哈尔部，是蒙古族最著名的部落之一。察哈尔，史学界认为源于波斯语，汉语译为“家人”、“奴仆”、“卫士”、“宫殿卫队”，蒙古军队西征以后，把这个名字带到了蒙古高原，转入蒙古语后，仍具有上述之意。

察哈尔右翼前旗，寒冷干燥，风多雨少，昼夜温差大。察哈尔右翼前旗的政府所在地是土贵乌拉镇，土贵乌拉得名于镇北的土贵乌拉山，土贵乌拉也是蒙古语，意思是“旗幡山”。

最悠久的历史，当属庙子沟，庙子沟遗址是内蒙古中南部仰韶阶段晚期重要遗存。遗址里有房屋、窑穴等，出土的生产生活用具数量之多、种类之丰富，对内蒙古中南部原始文化的研究意义重大。

庙子沟离土贵乌拉镇还有十几公里路程，在东南方向。我们顺着公路看着路牌前进着，车开得很慢，路很窄，细小的路上几乎没有车经过，我看着路两边低矮的树，还有阳光下金黄的草，摇曳多姿。周围静静的，没有一丝声响。如果没有我们此次经过，那目睹这金光灿灿的黄将会是怎样的一双眼睛呢？

烏蘭察布

开发农村劳动力资源
劳务经济
郝家
HAO JIA

小小的草，孤寂地生长，耐着生命的寂寞，承受四季更替的风吹雨打。

过了郝家村，就到庙子沟了。

庙子沟给我的印象，荒凉、沧桑。

万光
美发招待所
五金电料水暖油漆
住宿

土贵乌拉镇，镇小且人口不多，街道上行人稀稀落落，悠闲轻松，也许很多这样的小镇都有一个共同的特点，那就是松弛。我很羡慕人们的状态，也想融入其中，成为悠闲自在的一员。也或许，苍穹偏爱了小镇的人们，给他们广阔的天地，化解了所有的烦闷，换得自在的生活吧。

平淡的生活必先要有一颗淡定的心。

匆匆走过的脚步，却在心里留下久久挥不去的印象，那印入脑海的影像，并不会匆匆离去。远去的往昔，如今寂静的生活，都如镌刻一样，铭记于心。

察哈尔右翼中旗

清康熙14年(1675年),察哈尔蒙古部落驻牧,编八旗称为右翼。清光绪29年(1903年)在两旗境内置陶林厅,民国元年(1912年)改厅为县。1948年10月陶林解放,成立了县人民政府。1954年3月,原镶蓝镶红联合旗、卓资县北部与陶林县合并组成察哈尔右翼中旗,简称察右中旗。

科布尔，就是察哈尔右翼中旗的旗政府所在地。科布尔距离集宁大约四十多公里，据说是胡萝卜之乡。

一个三角形的雕塑首先入目，中间立着的雕塑上刻着“察右中旗”，我们到了。

新修的广场耸立着一个很大的雕塑，那是窝阔台骑马的雕像。窝阔台当年攻打金时，曾在此路过。

在雕像的后面，是一座英雄纪念碑，上面是毛主席的亲笔题词：“人民英雄永垂不朽”。

纪念碑在后面分布的还很多，可见这个地方在古代是军事要地。

窝阔台
WO KUO TAI

窝阔台，蒙古帝国可汗，成吉思汗的第三子，史称窝阔台汗。元朝建立后，追尊为元朝皇帝，庙号太宗。1229年，推举为继任人，管理整个蒙古帝国，窝阔台继承父亲的遗志，继续西征与南下，最后成功征服华北和中亚。

察哈尔右翼中旗历史悠久，远在五千年前就有人类繁衍生息，是蒙古游牧民族活动的地方。

野花年年开放，草木年年吐翠，绚丽着这片从远古走来的草原。草原默默，轻柔柔在岁月的长河中悄然流淌。那样宁静，那样祥和，赋予了这片水土中，养育的人们以博大的胸襟。

辉腾锡勒草原，是典型的高山草甸草原。驰名的火山湖群九十九泉，就流淌在这个草原上。最为壮观的就是草原上的风电场，规模浩大，据说风电场容量为120万千瓦。高耸、密集，迎风招展的参天立柱，竟分外妖娆，柔媚多姿，似迎风起舞。

而辉腾锡勒草原，因水久负盛名。草原上那被风修剪整齐的草地，开满野花，最多的品种是当地人俗称的一种黄花，所以有黄花沟之称。绿草衬托的黄花，装点的这一片天空下，金黄灿烂。为何以这一方水土那么富贵的颜色装点？还是缅怀那时诸多名将之魂灵？不知疲惫的风，不停歇地吹送，还大地一片寂静，只有这富丽的色彩钩挂着远去的记忆。

在辉腾锡勒草原，你可以品尝到新鲜的羊肉，烤羊腿味香扑鼻，血肠肉肠更是别具风味。就连羊杂碎，也做得让你的胃舍不得离去。

草原上的羊肉，甘甜鲜美。

你骑马在草原上驰骋过吗？你领略过草原上的风吗？你曾举目远望却看不见尽头吗？你可曾见过满地黄花伸向天边吗？你可曾触摸过草原上涓涓小河在你指缝间流淌吗？

这一刻，我和自然是一体的，没有一个理由可以分割。

40

察哈尔右翼后旗

察哈尔右翼后旗简称察右后旗，位于内蒙古乌兰察布市中北部。大青山北麓。东与商都县、兴和县接壤，南与察哈尔右翼前旗、卓资县毗邻，西与察哈尔右翼中旗、四子王旗交界，北与锡林郭勒盟苏尼特右旗相连。

清为察哈尔右翼正红、正黄旗地。1935 年隶绥远省。1954 年隶内蒙古自治区，同年废除旗县并存体制，建立察哈尔右翼后旗。1967 年，改称察哈尔右翼后旗革命委员会。1971 年，旗驻地从土牧尔台迁往白音察干。1981 年 6 月，察哈尔右翼后旗革命委员会改称察哈尔右翼后旗人民政府。

关于察哈尔名称的由来，有些说法是：察哈尔的前身是成吉思汗的护卫军，除了警戒之外，还监管兵器、车马、文书、饮食、府库等事，因为勇猛善战、护卫周密赢得了成吉思汗的赞赏和喜爱，赞誉为"利剑之锋刃"，"盔甲之侧面"。

历史上，察哈尔部是由非血缘关系的蒙古族组成的特殊军事集团，负责汗廷金帐的卫戍任务，是蒙古帝国的劲旅。

在蒙古史上，有三个辉煌时期。

第一时期，是成吉思汗和蒙元时代，是开创帝业时代。

第二时期，是巴图蒙克达延汗时代，史称中兴时代。

第三时期，是阿勒坦汗统治时期。

那时候，明朝和北元处于分隔状态，他们把蒙元统治的地方称为鞑靼，也称东蒙古；把西面卫拉特称为瓦剌，也称西蒙古。

东西蒙古高层有君臣关系，也有联姻关系，但是也为了权力之争，相互仇杀。达延汗的父亲被瓦剌权臣杀害，母亲也被抢走了，达延汗成了孤儿。达延汗后来的经历，受益于满都海夫人的扶持。

而关于察哈尔文化，要提及的一个人，那就是达延汗。成吉思汗统一蒙古各部，再次统一蒙古的汗就是达延汗，达延汗是成吉思汗的十五世孙。达延汗，又是"大元大可汗"的另一种音译。

察哈尔部是达延汗时期最为活跃的部落，是达延汗主要的军事力量。察哈尔部是一支战斗力极强的蒙古大汗贴身护卫军,它始终保持着对历届蒙古大汗的忠诚。为了保证成吉思汗黄金家族的正统统治地位，人们维护了蒙古大汗护卫军的崇高地位,因此,察哈尔一词名扬天下,提及黄金家族势必要提及察哈尔部,几乎成了蒙古政权的代名词。

1368 年,明朝军队占领元大都,元大都即今天的北京。蒙古贵族退到北方草原,这个政权史称北元。

北元前期,蒙古势力分东蒙古和西蒙古,分别争立汗。达延汗即位后,在他夫人满都海的辅佐下,统一蒙古本部,重建了黄金家族在蒙古的绝对统治。

统一蒙古后,蒙古分左翼和右翼,左翼在东部,右翼在西部,左翼由达延汗亲自统领,右翼达延汗派他的长子统领。

达延汗与满都海夫人共生了七个儿子,他们的三儿子巴尔斯博罗特也生了七个儿子,二儿子就是阿勒坦汗。

右翼中的土默特万户,就是今天的呼和浩特市巴彦淖尔市和乌兰察布地区,而乌兰察布地区关于察哈尔文化主要集中在察哈尔右翼后旗。

白音查干，就是察哈尔右翼后旗的旗政府所在地。

最特别的，就是这里有一个火山群。平坦的地表，我看不见火山究竟在哪里，是当地的朋友带着我们来到了火山前。这里的火山没有那样高耸壮观，火山很低，山下的火山灰呈灰色和深灰色，越往前走，火山灰的黑色就越发浓重了。我捡起一块黑色的火山石，上面竟反射着五光十色的色彩，石头很轻，我觉得新奇，放进了口袋里，朋友笑说，这里的每块石头上差不多都是这样的，你的口袋怕不够用了。

转瞬间就爬到了火山顶，下面就是火山口了。这个沉睡多年的火山口，其实在我看来就是一块大大的盆地，如果曾经是这么一大块山口喷发的话，那当时的情景一定是很可观的。朋友带我来的这个火山，应该是这个火山群里最大的。其他的火山规模小，也低很多。突然我觉得该放轻我的脚步，我害怕惊醒了沉睡已久的火山，唤起了久远的记忆，再次喷发。于是，我催促伙伴赶紧离开。

相传，察哈尔火山群中，有三座火山锥，它们的形状就像打铁用的铁砧子，所以，察哈尔人叫做都希，汉语为铁砧子的意思。

远古时代，察哈尔人就在火山地带养息生机，他们每年都要祭拜火山神，希望火山神保佑人丁安全，牲畜发展。认为是火山神为他们提供了作战用的武器和生活生产用的铁器。火山神每天利用这三座铁砧子，给人们打制工具。原本是园台体的火山锥，就是因为火山神常年用来打铁，把它们都打成了中间下凹的盆状山体。

直到现在，这三座火山锥，当地人仍然叫做“都希”，也有人叫“温都尔都希”，意思是高高的铁砧子。

又到了马路上，我回头望去，火山仍静静地立在我身边。我的思绪再次飘远，曾经达延汗和他的满都海夫人，曾在这里布军打仗；曾经他们打马从此走过；曾经他们在这里筑起大帐，中兴北元。而这一切，似乎就在我眼前如画面一样一页页翻过，是草原上的风，无情地翻走了一页页的历史，残酷地把痕迹一点点的风蚀掉。

古榆树，是这里最为神圣的精神寄托了。当年，人们生活艰苦，有病有灾的时候，就来到古榆树前拜祭，祈求保佑。人们拿着哈达、奶酒、奶茶等，拜祭神树。现在人们依然还来这里拜祭，传承下来的寄托，来源于这棵硕大的榆树至今仍枝繁叶茂。

这个健壮的榆树，孤独地在旷野中生长，扑面而来的是一种生机，厚重绵长。

那飘摇在枝叶中的哈达，随风而舞，是希望的传递，向远方。

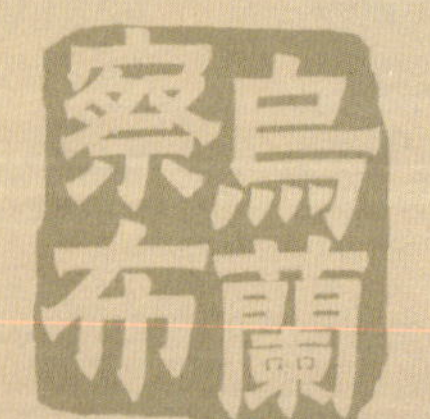
烏蘭察布

关于这棵榆树，朋友讲了个故事给我听。

当地人把这棵古榆树祭为仙女树，每年夏季都进行一次隆重的祭祀活动，是以萨满教的仪式举行的。而在榆树的北面，有一个石人山，山上有一块大石头，样子像一个人蹲在那里，相传，古榆树和石人有一段情缘故事。

早在唐朝时期，当时蒙古高原有一个部落首领，他只有一个儿子叫玛盖，于是对这个孩子管教很严，让其习文练武。一次，首领带着他的儿子玛盖出征，他们打败了一个部落，俘获了很多兵民和牲畜，其中，有一个年轻美貌的姑娘叫胡勒斯，玛盖和胡勒斯一见钟情，他们相爱了。首领知道了这件事后，很愤怒，他不接受自己的儿子娶一个奴隶做妻子。于是，首领将胡勒斯嫁到了别处。绝望了的胡勒斯无力反抗，在送亲的路上，路过一口井，胡勒斯跳井了……

玛盖知道了胡勒斯的死讯，痛哭失声，他骑马来到了胡勒斯跳井的地方，却找不到井，玛盖亲吻着地面，痛不欲生，几乎昏死过去。朦胧间，他看见了一个人，于是恍恍惚惚地跟着这个人走去，来到了一座山上，筋疲力尽的玛盖失去了知觉。

后来，人们发现这座山上有一个人一样形状的大石头，认为就是玛盖变的，于是称呼这座山为石人山。而胡勒斯跳井的地方长出了一棵榆树，人们认为是胡勒斯变的，就称为仙女树。

是谁坚守着树的等待？是谁坚定了石的执着？

察烏
布蘭

至今，这棵树与石人山遥遥相望已有千百年了，它们用不朽谱写了爱的篇章，传送着爱情的忠贞不渝。

今天，我站立于这棵榆树之下，湿润的眼睛不知道是被这段凄美的爱情故事所感动，还是因为这千年的见证，感动爱情的恒久。

阿古拉，是我在察哈尔右翼后旗认识的朋友，我感谢他给我讲了这么多的动人故事，也感谢他一路陪同，话语不多的阿古拉笑容时时挂在嘴边，憨厚朴实，令我难忘。每每想起他，我总是想起他的笑容。我感谢这位好朋友至深，愿远去的风能把我的思念传递。

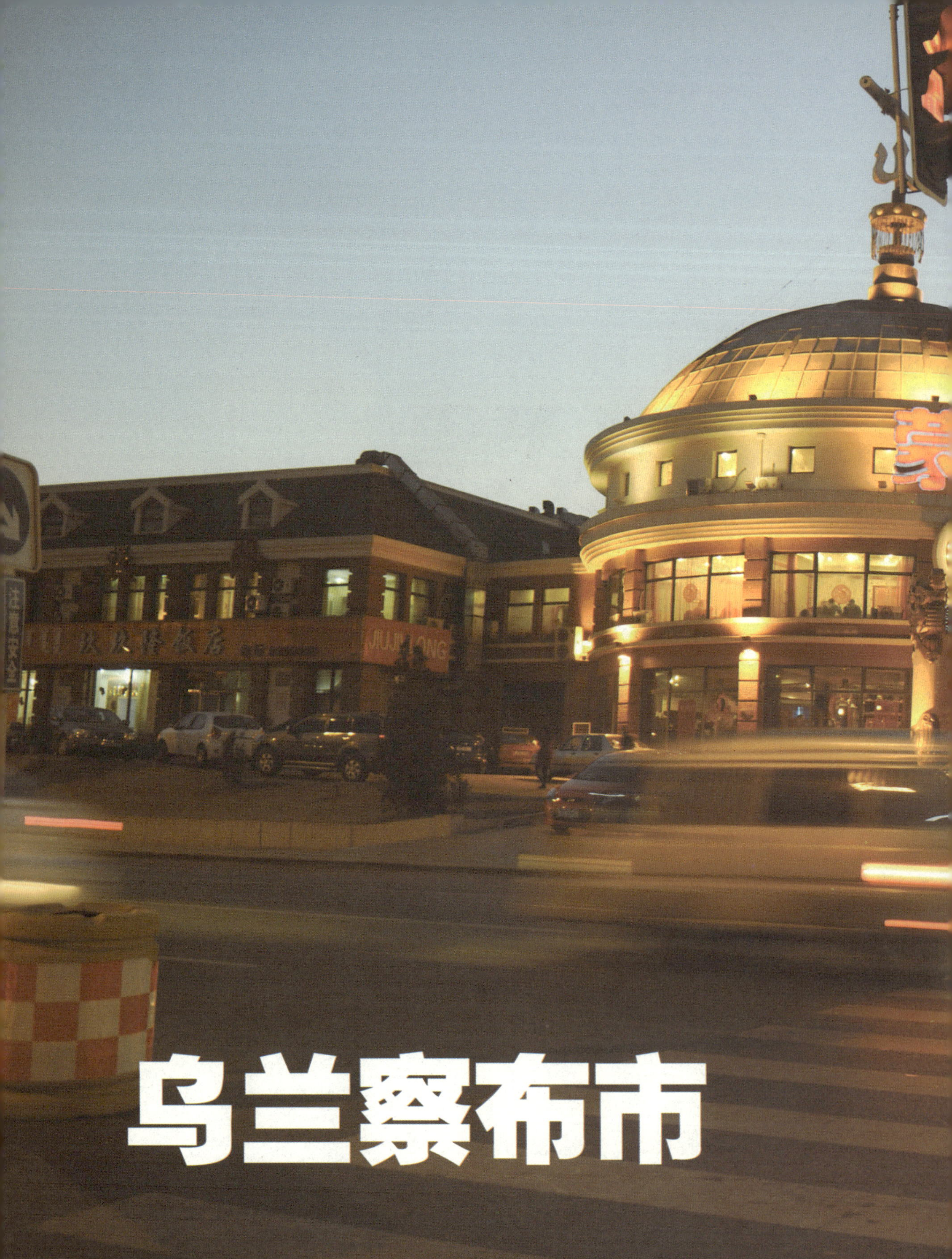

乌兰察布市

集宁夏商为冀洲，周为并州。秦并天下三十六郡属雁门、云中两郡地；

汉属雁门、云中、定襄郡。

后汉为幽州、代国郡。

北魏为代郡；隋属定襄郡；唐为冀州、并州；唐置河东关内道、云州、云中郡、单州都护府；辽属西京道大同、天成、长青北境。宋属云中府。

京能集团
京能集团

徐海洋 摄

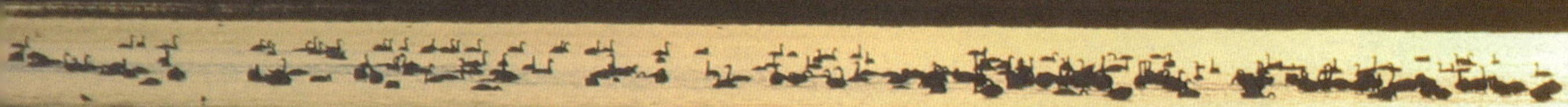

金属西京路大同 府;元属中书省集宁路;明初属兴和路,后废,清初属蒙古察哈尔正红旗游牧地;后为山西大同府丰镇宁远两厅辖地,民国初期丰镇、兴和、凉城所辖地各一部。

民国十年(1921 年)开始设立“平地泉设治局”,民国十三年(1924 年)改为集宁县,属察哈尔省;1929 年 01 月归绥远省。

1948 年 09 月 27 日集宁解放,成立集宁市;1949 年 09 月绥远和平解放,撤销集宁市建制改为集宁县,市区定为集宁县城关镇。

1951 年 08 月城关镇又改为平地泉镇,属集宁专署。1956 年 04 月撤销平地泉镇,设立集宁市。1992 年被国务院正式批准为对外开放城市。2003 年 12 月 01 日,撤销集宁市,设立集宁区。

人民英雄永垂不朽

烏蘭察布

集宁，是乌兰察布的人民政府所在地。一个城市的历史，将是这个城市永久的话题。关于集宁，不得不提的是集宁战役。

集宁战役，这个六十多年前发生的战役，把集宁与共和国，以及共和国的开国元勋们紧紧地连在了一起。这次战役，曾经牵动了国共两党的最高统帅。

在集宁，共发生了三次战役。

集宁是平绥铁路上的重镇，是绥东的心脏。它连接着大同、张家口、归绥，连接着我晋绥军区和晋察冀军区。敌人要打通平绥铁路，夺取战略要点，集宁就成为首当其冲的争夺对象。集宁在抗战胜利后，国共双方虽然有过争夺，但一直在我军手里。傅作义接到蒋介石密令后，派孙兰峰率国民党军、伪蒙骑兵 4000 多人，于 1946 年 1 月 13 日突袭集宁。我军奋起抵抗，但因寡不敌众，决定撤离，傅作义部于 14 日 8 时抢占集宁。

毛泽东惊闻集宁失守，电令贺龙司令员，务于军调部 18 日飞往集宁之前，不惜一切代价，夺回集宁。

于是，姚喆司令员率晋绥军区 27 团从卓资山回援集宁，我骑兵旅从陶林驰援集宁，冀晋纵队马龙部，陈仿仁部，也从丰镇、遇驾山等地北上集宁参加战斗。根据贺龙司令员的指示，我军各部队于 17 日 18 时 30 分统一向城垣发起总攻。激烈而残酷的战斗整整打了一夜。18 日晨，我军收复集宁，整个战斗于 11 时才告结束。这一夜在新堂（今凉城）土台子野战司令部的贺龙司令员通宵未眠，只是在 18 日晨接到收复集宁的报告，才长长地舒了一口气。18 日下午 2 时，军调部三方代表飞抵集宁，看到了集宁已在我军手里。

3 月 1 日，“调处国共军事冲突”最高三人小组周恩来、张治中、马歇尔以及随机到达的叶剑英等，飞抵集宁听取第一执行小组的汇报。

这一次战役的胜利，有力地捍卫了抗战的胜利成果，重创了国民党的有生力量，同时集宁作为我军军事调处成功范例的第一小组，也为全国的十几个小组做出了榜样。

烏蘭
察布

1911-1994

第一次集宁战役，也是集宁争夺战，是一次国共双方争夺抗战胜利成果的战役，发生在1946年1月。

1945年8月日本投降后，于1946年1月，国共两党根据重庆谈判的《双十协定》，签订并于10日正式公布了《停止军事冲突的协定》，定于13日24时生效。这个文件规定，以协定生效前的现状，划分国共双方的军事分界线。

为了抢占抗战胜利成果，蒋介石于11日向各地国民党军下达了务于13日24时前抢占战略要点的密令，特别电令傅作义部队务必于“停止冲突命令”生效前，攻占集宁县城。

第二次战役，集宁失守。

第三次战役，夺回集宁。

在这些战役里，牺牲了的战士们，有名字的还有没名字的，他们把鲜血洒在了这片土地上，后来建起高耸的纪念碑，像他们高昂的头颅，凝视着用生命捍卫的家园。

纪念馆与纪念碑都建在老虎山上，老虎山，是集宁新旧两区的结合处。经过修建，老虎山成了一座纪念英雄的山。

金色乌兰察布

皮件一条街，是集宁地区很是闻名的商业街。产供销一体化的经营模式，随着经济的发展，品种越来越多，各地的商家云集于此，繁荣着集宁的市场。

物美价廉，恐怕是集宁皮件的魅力之处，使得很多慕名而来的人，都满载而归。

而集宁新区的建设，颇具大都市风范，别致的建筑，宽阔的马路，蕴含着勃勃生机。整洁之处必定带给人神清气爽的感觉，街道上人们穿梭往来，为自己的家园奔波忙碌，我想，看着眼前的变化，他们所付出的辛苦，也是幸福的。

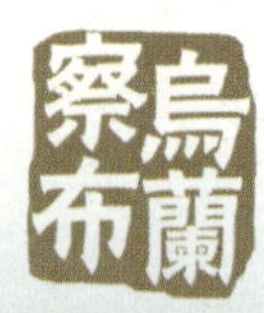

卓资山

地处内蒙古高原阴山山脉南麓，是个多山、多丘陵、少平川地区。全县滩川地面积仅占总面积的 12%。地形特点西北部高，东南部低。

卓资山，给我印象最深刻的要属卧佛山了。

在高速公路上行驶，远远看见的山洞，最醒目的就是那一点黄色。人们在山下建了一座寺庙，修建了一尊佛像，横卧在寺庙的上方。起初，我不明白这个卧佛山究竟在哪里，在人们的指点下，我才放眼望去，整座山形似一尊佛，一尊仰面躺着的佛。在远处，我凝望着这座山，竟无语面对这一神奇的自然现象。这尊大佛，安详地躺在那里，五官及手臂清晰可见，慈眉善目，别具风范。

形似，神也如此相似，是大自然的巧夺天工吗？还是一种意境的表达呢？也或许是一种符号的传递吧，及任何情愫的表达不拘泥于任何的一种形式吧。

佛教文化的足迹，在内蒙古是遍布各地的，遍布了草原上每一个角落，无论走到哪里，几乎都会有一个寺庙，或大或小，或悠久，或短暂。

来到卓资县，因为是刚刚过了春节不久的原因吧，县城里的节日气氛还未褪净。在一个广场里，我看见了很多花灯，在华灯初上之时，晶莹剔透，那一种草原仙境的感觉是很难形容的，也许你会疑惑，你此时究竟身在何处。

花灯的繁华与街市的繁荣，告诉我一个信息，这里的人们对生活是充满热情的，也是乐观地面对他们的生活的，积极、向上。

而我，在这个小小的县城里，却获得了博大的力量。只要你是热情的，生活一定就是美好的。

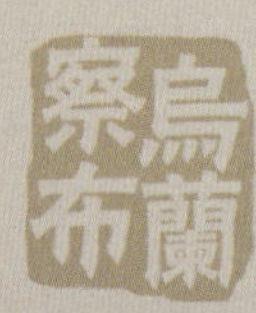

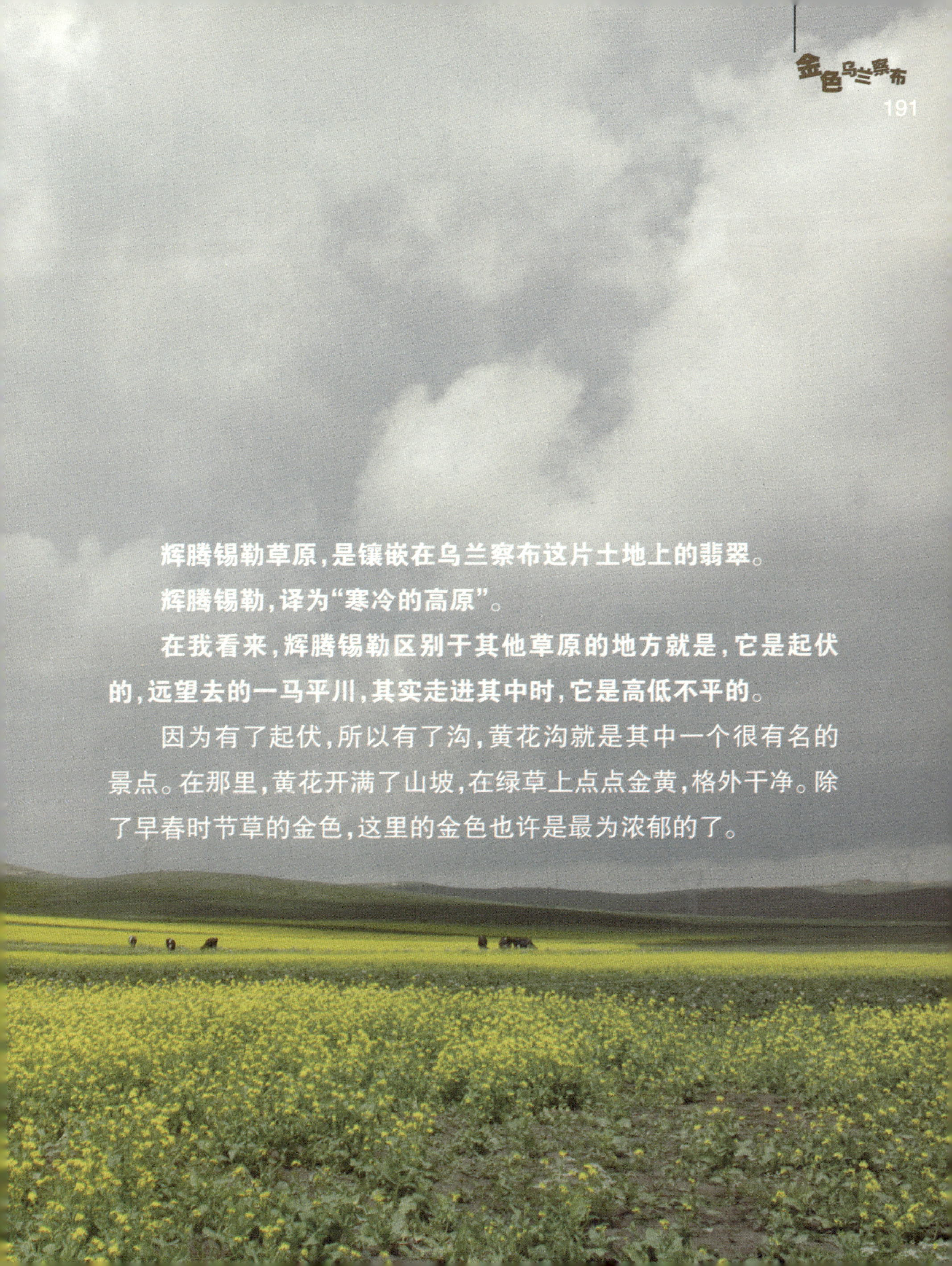

辉腾锡勒草原，是镶嵌在乌兰察布这片土地上的翡翠。

辉腾锡勒，译为“寒冷的高原”。

在我看来，辉腾锡勒区别于其他草原的地方就是，它是起伏的，远望去的一马平川，其实走进其中时，它是高低不平的。

因为有了起伏，所以有了沟，黄花沟就是其中一个很有名的景点。在那里，黄花开满了山坡，在绿草上点点金黄，格外干净。除了早春时节草的金色，这里的金色也许是最为浓郁的了。

烏蘭察布

那一望无边的金色扑向天边，每一株盛开的黄花，竟是那样姣小玲珑，随微风已是摇摆不定的娇弱身躯，铸就了的却是一片壮观。

花儿朵朵，随风而舞，撩拨着你内心最是柔情的一面，我蹲下身来，不知道该怎样爱惜这娇美的生命。

凹凸不平的草原走起来很是费体力，于是我骑到了马背上，让这温顺的马引领我走向草原深处。

在另一个沟里，有一条不是很大的河，河水却清澈见底。听说这里就是传说中的九十九泉其中之一。在这块草原上，小湖星罗棋布，人们称九十九，也许就是一个比喻吧，其实听说小湖的数量要比九十九多一些的。

虽是山花浪漫，却是河流温柔了天地。一条蜿蜒的河，柔美了多少硬朗的情愫。又灵动了谁的心扉，种下深情?

由于这里气候凉爽，所以辉腾锡勒也是北方历代皇帝的避暑胜地，很多位皇帝曾在这里修建行宫。

关于冬夏季节，蒙古族人有着自己的传说。

在远古时代，有一位司寒老人要和司暑老人比试威力。司寒老人说："我能在九天之内把大地变成冰雪世界，你能融化吗？"司暑老人应战道："我只要八天的时间就能把你的冰雪世界融化成海洋。"
于是，他们立下誓约，败者要听从胜者的支配。司寒老人果然在九天之内把大地变成了冰雪世界。接着，司暑老人修炼出了一轮红日，从四面八方发出强大的热量，果然在八天之内将冰雪世界变成了海洋世界。

两个人神威相等，只得将一年分为寒暑各半，从此，人间有了冬夏的轮换。

我骑在马背上，高高低低地前行着，马儿很温顺，使得我这个胆怯的人，终于敢直立身体，远望的同时，思绪也信马由缰地奔驰。

关于九十九泉的传说，我也是听这里生活的人讲给我的。

窝阔台是一代天骄元太祖成吉思汗铁木真的三太子，是元代开国大将，在辉腾锡勒有两处点将台，率领千军万马征战沙场。公元1230年，元太宗三年五月，避暑于九十九泉。

窝阔台同他的父亲一样是马背上的将军。率领的将士都是英勇善战的骑兵。由于久战沙场，将士们有受伤的、有腰腿痛的，个个脸上饱经风霜，虽年轻却满脸皱纹。将士们打仗猛于虎，但下战场后形象不佳，有损军威军容，成了窝阔台一块心病。于是他命令将士下九十九泉洗澡。

令人神奇的是，洗完澡上来的将士们，个个神清气爽，精神饱满，红光满面。窝阔台认为这里是一支神泉，所以经常让士兵下水洗澡。

慢慢的，百姓也来这里洗澡。

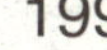

奋蹄飞起赛过羚羊
如风穿过绿色原野
虽然自小远离家乡
终能回到出生的地方
美丽的蒙古马
骑手倒在战场上的时候
决不让他落入敌手
守着战友沉睡的身躯
泪流满面不愿离去
美丽的蒙古马
神奇的蒙古马

当年，成吉思汗就是靠马缩小地球、拉近世界的。

不知不觉，已是夜幕降临了。

烏蘭察布

提起马，蒙古族人是有着恋马情结的。

白云是蓝天上的神话
草原是大地上的神话
骏马是风雨中的神话
蒙古是马背上的神话

谈论蒙古族人，评价蒙古族历史，解读蒙古族文化，都离不开马。
马，是蒙古族创造奇迹的最重要的工具。

乌兰察布

夜晚的草原是宁静的，也许是怕累了你的眼睛，醉了你的心田，草原在夜色中渐渐隐藏，直到完全消失。你举目四望的，只是一片黑暗，那黑，如同草原的广袤一样深邃，没有边际。

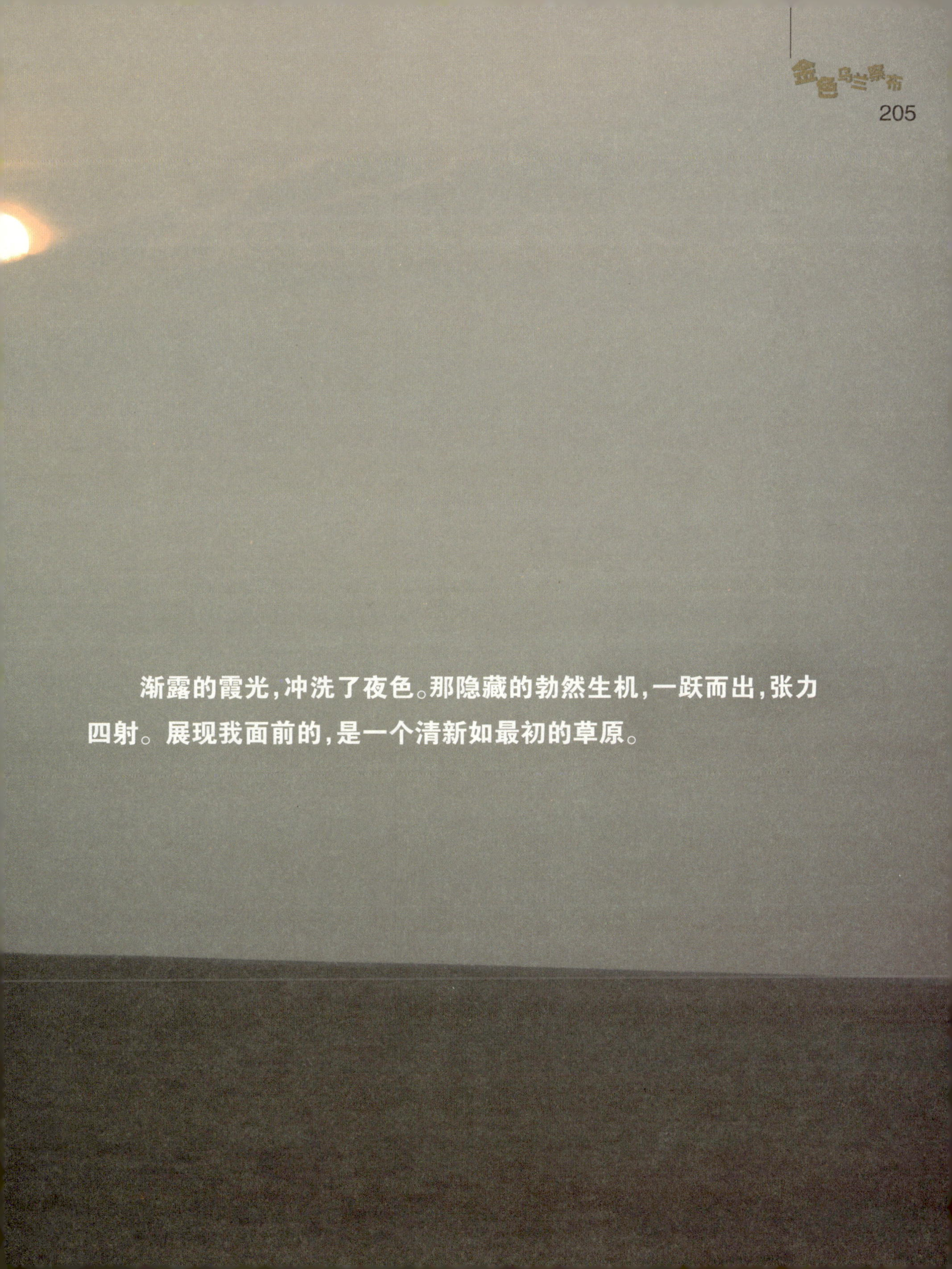

渐露的霞光，冲洗了夜色。那隐藏的勃然生机，一跃而出，张力四射。展现我面前的，是一个清新如最初的草原。

晨光如金，撒遍了整个草原，就连我呼吸的空气，也仿佛带着金色徜徉我的全身。此一刻，我和草原是一体的。

风，是草原之上最活跃的元素，乌兰察布的风很大，人们利用这一自然优势，建立了庞大的风力发电站。那根根白柱点缀着草原，张开的叶片，如手臂般拥揽着风的缠绵。

远望，这一根根白色的柱体，竟然是娇美多情的，而当我走近时，才发现，这个给我娇美印象的庞然大物，是雄壮和强悍的。

所以，草原的博大，是任何一个物体无法抗衡的，任何一种物体，在草原之上，都是纤细柔美的。

走向草原，更要走近草原。

去看草原，更要感受草原。

四子王旗

四子王旗地处内蒙古自治区中部、乌兰察布市西北部，位于北纬41°10′~43°22′，东经110°20′~113°。东与乌兰察布市察哈尔右翼中旗、察哈尔右翼后旗及锡林郭勒盟苏尼特右旗毗邻，南与乌兰察布市卓资县、呼和浩特市武川县交界，西与包头市达尔罕茂明安联合旗相连，北与蒙古国接壤，国境线全长104公里。

幅员总面积 25,516 平方公里，约占乌兰察布市面积的一半，全旗辖 4 个苏木、2 个乡、5 个镇、1 个牧场共 12 个行政区。总人口 20.9 万。境内居住着蒙、汉、回、满等 11 个民族。

烏蘭察布

清朝初年，清政府把四子王旗这一片地域分给了成吉思汗的胞弟后裔，他的四个儿子在此居住，因此后来称四子王部落旗。

四子王旗，早以前召庙很多，到 1949 年，喇嘛的数量占当地蒙古族人口数量的百分之三十二。

喇嘛教是藏传佛教的一支。自16世纪中叶传入蒙古各地以后，四子王旗蒙古族开始信仰喇嘛教，凡有男孩的人家，选其最聪慧的儿子进庙当喇嘛。清朝统治者利用宗教信仰，从精神上束缚蒙古民族，因而达到巩固其统治地位的目的，大力提倡和鼓励在蒙古地区兴建喇嘛召庙。

四子王旗，是一个水草肥美的领地，宗教文化的兴盛，也影响着这一地区的经济繁荣。历史，就写在这片草原上，遗迹之多、种类之丰富，无一不昭示历史的恢宏。

藏传佛教对四子王旗的宗教文化影响颇深，如今虽然已没有了往日的辉煌，却也依稀可见当日的盛装。

一条公路的尽头是一座藏族味道浓厚的召庙，正在兴建和恢复中，当地人说，现在的规模远不如从前了，正在逐步修缮。我顺着当地人的手指，望向远处，想象着当年的盛况，心里暗暗惊叹，那是多么庞大与壮观。如此威严的耸立，怎可能不统领当时人们的思想，那是一种震慑的力量，苍穹之下的另一种近距离的力量。

白墙在阳光下格外耀眼，大门内幽然飘过的香火味道，如丝如梦，任由你的思想放任与狂野，是牵引，也是一种自由。

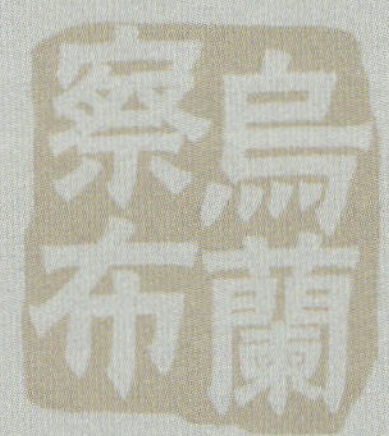

鲜艳的经幡，挂满了人世间的酸甜苦辣，随风而舞，向上苍传递，分享与化解着人间情愁。这是一种寄予苍穹的一个链接。

无论是为何事纷扰，都能在这空灵的诵经声中豁然开朗，归根结底，它会使你的内心得到升华，让你缠绊的内心博大。

白墙围住的是一个清净的世界，在这绿色的空旷中，干净地耸立。

我问佛:世间为何有那么多遗憾?

佛曰:这是一个婆娑世界,婆娑即遗憾

没有遗憾,给你再多幸福也不会体会快乐

我问佛:如何让人们的心不再感到孤单?

佛曰:每一颗心生来就是孤单而残缺的

多数带著这种残缺度过一生

只因与能使它圆满的另一半相遇时

不是疏忽错过,就是已失去了拥有它的资格

我问佛:如果遇到了可以爱的人,却又怕不能把握该怎麽办?

佛曰:留人间多少爱,迎浮世千重变

和有情人,做快乐事

别问是劫是缘

佛曰：坐亦禅，行亦禅，一花一世界，一叶一如来，春来花自青，秋至叶飘零，无穷般若心自在，语默动静体自然。

张荣 摄

而在当今，四子王旗因神舟的着陆而扬名天下。

这片土地，接纳了从太空中回归的航天员，这是一条回家的路。在乌兰察布，四子王旗的蒙古族文化元素大概是至今保留最为显著的地方了。但是，四子王旗的文化又是独特的，几千年来，突厥族、拓跋氏、匈奴、蒙古族等多民族融和交汇，形成了多元性文化特色——杜尔伯特文化。

杜尔伯特，汉语意为“四”的意思。

我第一次踏上这片土地时，我的直觉就是这片草地的富足。空旷之下，生机灵动。不同的是，这里的草原不是那么平坦，是起起伏伏的，而这不是很巨大的起伏，却增添了绿的浓郁。

因为水土肥沃吧，这里的草原上，点缀着块块的耕田，农牧结合，完美显现。不论你在草原的哪一个角落，留下的印象只有富足。

草原的华美，在城市边缘是不会沉寂的，因此，这里的草原修建了很多为旅行者提供的蒙古包。蒙古包装饰华美，一排排白色的毡房，在远处就清晰可见，述说着过去的故事，也续写着未来。

草原，在酷暑时节，用浓重的绿，装扮起来，妖娆了天地间这一片广阔。绿色，清凉了一个夏天的天空，也清新了我这一双眼眸。寒冬时节，草原便成了白色，天地一色，向前走去，就会迷失，究竟，是走向天空，还是走向远方。

当天地褪去了颜色，只有蒙古族人身上那靓丽色彩的蒙古袍，像跳动的音符，弹奏欢快的乐章，弹奏深情，向远方。

张荣 摄

烏蘭察布

或许是害怕流逝，或许是记录美好，这里的先人们便把各种形式的场景，镌刻在石壁上，希望画面中的情与景，能永恒相传，带给后人同样的祥和。

于是，有了岩画。于是，有了故事。于是，我有了关于久远的遐想……

那些灵动的线条，无一不撩拨了我的情丝，我不禁为壮美的画面赞叹，更为那远去的恢宏叹息。

风儿，徘徊别去，别把这涓涓的情丝吹得太远，让不舍再次停留。

雪白的草原，如同蒙古族人纯净的内心。人常说，长在什么环境，就长成什么样的人。这洁白无瑕的草原啊，影印着一个民族的华章。

乌蘭察布

草原是独具魅力的。无论你踏上哪一块草原，给你的感受都各有千秋。无论你怀揣着什么样的心境，草原都会浓郁你的深情。舒展我的眼睛，向远方。

早春的草原还微微泛着金色，似乎只是一眨眼，就绿了天地，绿了心田。

四子王旗也许是曾经的昌盛，这里留下了很多古墓，人们叫古墓群，可见数量之多。远去的古人，静静地守候着这片土地上继续生活的人们，对于故土的眷恋，化为佑护。

四子王旗政府所在地是乌兰花镇，乌兰花，译为“红色的山丘”，并不是刚开始我按字面上理解的，以为是一种花的名字。

穿行其中，看着来往的人群，我不知道，四子王旗曾经的昌盛与现在的距离到底有多远。在历史残酷的前行中，渐渐淡定的小镇，宁静地在这一片美丽的草原上悄悄地旋转着，那样安详，那样宁静。

四子王旗，有一个王爷府。

四子部落王爷府始建于1636年，清光绪31年（1905年）第十三代王爷大兴土木，筑厅建府，形成了现在的王爷府。早在1905年之前，王爷府是由多部小型毡帐组成的，曾经多次迁移，后来定居下来。

王爷府，是旧时封建王爷执政和居住的地方。

府内设前后两个厅，前厅供王爷执政用，后厅供王爷和福晋居住用。另外，在王爷府里，还建有家庙，常住喇嘛人数也很多，还有专门供喇嘛诵经的场所。

王爷府建成后，先后经历了三代王爷，历时44年。在此期间，喇嘛活动频繁，达官显贵络绎不绝前来，王爷府远近驰名，鼎盛时期喇嘛人数多达一百多人。

乌兰察布，虽然不能遍布我的足迹，至少，在我心里，在我眼里，它已不是那么陌生了。我怀念那里的风情，更怀念在那里生活的人们。

再美的自然风光，也是需要用生命点缀的。生命在自然界里，是可贵的。行走了，明了了，审视生命的含义也不同了，我在这一次次的行走中，升华着生命的意义。

当你无力再面对所有现状时，你总有力气面对风情万种的大自然，吸取无尽的力量，注入身体以活力。而当你从自然界终于走出来时，你亦非你，是一次次的更新。所以，我眷恋着这一次次跨越，超然、清新。

我把这份情感珍藏于心，于是，我在哪儿，清新便在哪儿了，紧紧相随，不孤单、不乏力。

每次归来，我总会沉溺一段时间，细细地品味历程的点滴。

生命就如此点滴地积攒厚重。

纷乱的内心，将如何去梳理？到草原去吹吹风吧。让草原的风，还原你一个自然内心。无论何时，草原都在那里静静地守候你的到来。

草原是多情的，芬芳别人的同时，也美丽着自己。

我感谢乌兰察布之行遇到的每一个人，你们的善良与淳朴，化为我无法忘却的铭记。我祝福这里生活着的每一个人，愿你们事事吉祥、身体健康！

图书在版编目(CIP)数据

金色乌兰察布 / 姜苇著;尚永强摄.—呼和浩特:内蒙古人民出版社,2013.6
(让世界近看内蒙古 / 石玉平主编)
ISBN 978-7-204-12266-0

Ⅰ.①金… Ⅱ.①姜…②尚… Ⅲ.①游记—作品集—中国—当代 Ⅳ.①I267.4

中国版本图书馆 CIP 数据核字(2013)第 134389 号

让世界近看内蒙古——金色乌兰察布

主　　编　石玉平
摄　　影　尚永强
著　　　　姜　苇
责任编辑　侯海燕　尚永强
装帧设计　张项军
出版发行　内蒙古出版集团　内蒙古人民出版社
地　　址　呼和浩特市新城区新华大街祥泰大厦
印　　刷　内蒙古爱信达教育印务有限责任公司
开　　本　787×1092　1/16
印　　张　17
字　　数　100 千
版　　次　2013 年 7 月第 1 版
印　　次　2013 年 7 月第 1 次印刷
印　　数　1-3000 册
标准书号　ISBN 978-7-204-12266-0 / I·2441
定　　价　58.00 元

如出现印装质量问题,请与我社联系。
联系电话:(0471)4971562　4971659
网址:http: // www.nmgrmcbs.com